शहीद प्यार

धार्मिक प्रेम

सुमीत कुमार

सुमीत कुमार

सुमीत कुमार, एक वयस्क जो जीवन के कई चरणों का अनुभव करता है, एक प्रसिद्ध लेखक और नए युग के लेखक हैं। वास्तव में वह एक लेखक होने के साथ-साथ गायक, कवि, शायर, उद्धरण लेखक, गीत लेखक और एक कलाकार भी हैं। एंकर या स्टैंडअप कॉमेडियन। उनके बारे में बहुत ही रोचक और दिलचस्प तथ्य यह है कि वे नए युग के लेखक हैं यानी उन्होंने अपने लेखन की यात्रा उस उम्र में शुरू की जब वह अध्ययन करने के लिए स्कूलों जा रहे थे। उनकी 100 पुस्तकों की स्ट्रीक महान होगी भविष्य में उनके लिए उपलब्धि, उनकी कुछ प्रसिद्ध रचनाएँ यानी प्रेम की परिपक्वता (शैली _प्रेम) स्वप्न की

गोपनीयता (शैली-मध्य वर्ग की जीवन शैली)।

आप नोटियन प्रेस, अबे बुक्स, इम्युजिक इन, फ्लिपकार्ट, एमेजॉन, किंडल, इंस्टेंट रीड लाइक ईबुक, किंडल, गूगल, इंटरनेशनल साइट्स और कई अन्य से भी उनकी किताब खरीद सकते हैं।

स्पॉटिफ़ पर पॉडकास्ट: @ ब्रोकन हार्ट इंस्टा आईडी: बुकहब92
जीमेल: सुमितकुमार 88234 लिंक्डइन: सुमीत कुमार .

क्रम-सूची

प्रस्तावना

यहां पर हैं जिंदगी में केई सरे परिस्थितियां आती हैं, पर वो सब आसन तब लगता है जब कोई साथ निभाना वाला हो, इश्क की कोई वजाह नहीं होती है क्योंकि यह एक काफी कुछ की है। लगा हो तो, ये वो ज़रिया है जिस्क तखय्युल भी एक दसरे के मौत से होकर गुजराती है, ईश पूरी दुनिया में कोई भी अपने परिवार से ये आपने हमदम से ये कहीं वो कभी नहीं है क्युंकी वही सही तारीके में उसकी पूरी जिंदगी होती है, किशी से फुरकात लेना आजकल ये किशी भी सादे में अगर इतना आसान होता तो लैला मजनू, हीर रांझा अपनी मोहब्बत के लिए कभी कभी खुद को उनकी मजबूरी थी की उस वक्त हलत कुछ ऐश थे की उनकी मोहब्बत ही उनके लिए मार्ग की वजाह भी थी और साथ में रहने

की तालाब भी, उनके नफ्स जब एक दुसरे के साथ भी थे तो वही थे लिए वो जीने की वजह है जिस तम: यह किशी आम इंसान की मुराद है, जब हम मोहब्बत ये किशी जंग की वजह बनते हैं तो हम ये उस वक्त तख्तायुल भी नहीं आता की उसमें फुरकात हमारे लिए ये हमारे लिए हैं। मिट जाए आइशी तो कोई दबा भी नहीं ईश सुनिया में और ना ही इसकी कोई रिवायत किशी ने सूरी की है, एक जंग में सिरफ दो मुलखो का नुक्सान नहीं होता ये दो परिवार बरबाद नहीं होते

बाल्की जो भी साक्षी इनसे जुरा होता है उसकी भी फन्ना की रिवायत वही सुरू हो जाति है जब उनकी रंजिश की इब्तदा होती है, वो भी सिरफ उस संपत्ती जिस्के मालिक हम कौड़ा भी यही नहीं, कि इतनी भी मैं ऊपरवाले की नाम की है, जिसे हम ये सौपा है। ये पर हर कोई आपका हक इसलिये नहीं मांगा, क्योंकि उसे इसकी तमना है, क्योंकि अगर तमना होती है तो तिश्नगी से मित्त पर भी जाती है। तो वो फाना की रिवायत भी उसी वक्त से सुरु कर देती है। जंग कभी भी किशी की खविश नहीं होती, ये बात सही भी है क्योंकि इश दुनिया में हर कोई शांति ही पर चाहता है, पर वो होता है। वह हैवियत की बनाबत भी कहीं न कहीं जरूर होती है, कुछ ऐसे भी अल्फाज है दुनिया में जो तकलीफ तो देते हैं, पर उनकी हकीकत को कोई गलत सवित करदे आइशी सचाई आज तक बनी ही है बातें क्यों करें जब आपके ही देश की इंसानियत हम तो हक़ में नहीं है, क्योंकि आजकल हर एक इंसान की तालाब किशी की सियासत से ही जूरी है, हर किशी को ये सिरफ और सिरफ फरोग की तिश्नगी है इंसानियत की बिलकुल नहीं, यह तो कुछ ऐसा है निर्धारित नहीं की हमने और दसरे की बनाबत पे हम रौक लगा रहे हैं .....

सुमीत कुमार

भूमिका

सुमीत कुमार

सुमीत कुमार, एक वयस्क जो जीवन के कई चरणों का अनुभव करता है, एक प्रसिद्ध लेखक और नए युग के लेखक हैं। वास्तव में वह एक लेखक होने के साथ-साथ गायक, कवि, शायर, उद्धरण लेखक, गीत लेखक और एक कलाकार भी हैं। एंकर या स्टैंडअप कॉमेडियन। उनके बारे में बहुत ही रोचक और दिलचस्प तथ्य यह है कि वे नए युग के लेखक हैं यानी उन्होंने अपने लेखन की यात्रा उस उम्र में शुरू की जब वह अध्ययन करने के लिए स्कूलों जा रहे थे। उनकी 100 पुस्तकों की स्ट्रीक महान होगी भविष्य में उनके लिए उपलब्धि, उनकी कुछ प्रसिद्ध रचनाएँ यानी प्रेम की परिपक्वता (शैली _प्रेम) स्वप्न की गोपनीयता (शैली-मध्य वर्ग की जीवन शैली)।

आप नोटियन प्रेस, अबे बुक्स, इम्युजिक इन, फ्लिपकार्ट, एमेजॉन, किंडल, इंस्टैंट रीड लाइक ईबुक, किंडल, गूगल, इंटरनेशनल साइट्स और कई अन्य से भी उनकी किताब खरीद सकते हैं।

स्पॉटिफ़ पर पॉडकास्ट: @ ब्रोकन हार्ट इंस्टा आईडी: बुकहब92 जीमेल: सुमितकुमार 88234 लिंक्डइन: सुमीत कुमार .

पावती (स्वीकृति)

सुमीत कुमार

सुमीत कुमार, एक वयस्क जो जीवन के कई चरणों का अनुभव करता है, एक प्रसिद्ध लेखक और नए युग के लेखक हैं। वास्तव में वह एक लेखक होने के साथ-साथ गायक, कवि, शायर, उद्धरण लेखक, गीत लेखक और एक कलाकार भी हैं। एंकर या स्टैंडअप कॉमेडियन। उनके बारे में बहुत ही रोचक और दिलचस्प तथ्य यह है कि वे नए युग के लेखक हैं यानी उन्होंने अपने लेखन की यात्रा उस उम्र में शुरू की जब वह अध्ययन करने के लिए स्कूलों जा रहे थे। उनकी 100 पुस्तकों की स्ट्रीक महान होगी भविष्य में उनके लिए उपलब्धि, उनकी कुछ प्रसिद्ध रचनाएँ यानी प्रेम की परिपक्वता (शैली _प्रेम) स्वप्न की गोपनीयता (शैली-मध्य वर्ग की जीवन शैली)।

आप नोटियन प्रेस, अबे बुक्स, इम्युजिक इन, फ्लिपकार्ट, एमेजॉन, किंडल, इंस्टेंट रीड लाइक ईबुक, किंडल, गूगल, इंटरनेशनल साइट्स और कई अन्य से भी उनकी किताब खरीद सकते हैं।

स्पॉटिफ़ पर पॉडकास्ट: @ ब्रोकन हार्ट इंस्टा आईडी: बुकहब92 जीमेल: सुमितकुमार 88234 लिंक्डइन: सुमीत कुमार .

1

कहानी की विरासत

ये हर कोई इंसानियत से वक़िफ़ है लेकिन जब इंसानियत को निभाना की बारी आती है तो हर कोई अपने कदम उसी वक्त पीछे देखता है लेता है, कह वो हमारी सरकार हो ये उसके लिए ना हो, क्योंकि ना तो में किशी से अलग हूं और ना ही रिवायत की है अलग होने की, प्रति में एक चीज से मुकाबिल तोह की इंसानियत किश कहते हैं, उसकी बनाबत कैसी होती है, किशी की होती है यह आगे बढ़ने की रिवायत में साथ नहीं हूं, प्रति कभी इसे पीछे बढ़ाने की रिवायत की वजह भी नहीं बना। है जरा उसे भी देख ले, कोई बहन अपने ही उस दिन छुपा है जिस दिन उसका

भाई वतन के कपडे में लौट कर आता है, एक मा आपने ममता के साये में उसे बुलाती है जब वो अपने देश है , एक बाप की उस दिन गरीब संपत्ती राख बन जाति है जब उसका शर्त ए आपने भारत मा को बचाने के लिए अपने देखे पे दुश्मन की गोली खा कर आता है, एक भाई की इनायत उस दिन जगती है और अगले ही दिन वो आपके भारत मा को बचपने के लिए भारती फोन हो गया में भारत ये जट्टी है हमारे उस दुनिया की जिस्का नाम आज भारत कहलाता है। उसके मौत की रिवायत की वजह सिर्फ एक ही होती है, वो भी सिरफ और सिरफ अपने देश को बचाने की, और इसके कभी हम भी कभी भी। की राजनीति से कुछ तमना नहीं रखते, प्रति मुझे तो कभी एक बात समाज ही नहीं आजतक की हमने उनके लिए क्या किया है, उनके परिवार किश हलत में है, क्या हमने कभी भी ये उनसे पूछा है साथ तो हम उनके बालिदान को भी भूल जाते हैं, जहां हम भगत सिंह की शहीदी याद रखना चाहिए, उस दिन तो हम वेलेंटाइंस डे माने है, मियां एन सब को गलत नहीं मानता

मैं सब को गलत नहीं मानता, सही है जो भी करना है करो क्योंकि जहां जंग की रिवायत है वह मोहब्बत की बनाबत तो रहनी ही चाय में, और मैं इश मानता हूं को पूरी क्या अपने देश के नाम करदी, ये तकी की अपनी मोहब्बत की ख्वाइश को भी मार डाला, और जिश मा ने उसे जनम दिया था, उसकी ममता को भी अपने देश के सामने समरपित कर दिया। ये पीछे नहीं छोड सकते, में इतना ही कहना चाहता हूं की मोहब्बत तुम भले ही करलो, क्योंकि उसे रिवायत भी हमारे देश के सैनिको की वजह से ही हुई, क्यों अगर वो हम ना रहे हैं तो न होता, तो तुम मोहब्बत की रिवायत करते काश ये सोचो, खैर ये मेरे अल्फाज भी उस प्रेम कथा के सामने फीके है जिसने अपनी बेइंतह मोहब्बत की रह छोडकर, अपने देश को भी।

"

ना ही
किशी इश्क
की तमन्ना

सुमीत कुमार

मुझे
ना ही
मुख्य
इस्की
तालाब रख्ता
हुन
मुझे तोह
दे घुमा के
मात्र
उष देश
केई
तिरंगे सेह
प्यार है
जिस्की हिफ़ाज़त के
लिए में
रोज मार्ने की
रिवायत कर्ता हूण |"

"रक्त की तमन्ना
नहीं है हम
बाश अपने देश
को बचाए
की तालाब
रख्ते है

और हमारे
रकीब की पेचान
कितनी भी क्यूं
ना हो

हैम उशे
हर बरो
मिताने की
शिद्दत
रखते हैं ...."

2

जुगवीरा

कहते हैं जंग में कोई सीमा नहीं होती, क्योंकि अगर ये एक तर्फा हुआ तब भी ये अपनी रिवायत को कभी भी कम नहीं होने देगा, और वह अगर ये दो तरफा हुआ तब भी इसकी रिवायत कि मेरे सामने कभी नहीं था जितने भी दर्द होते हैं वो सब कहीं न कभी फिर से जकर ठीक हो जाते हैं, पर कुछ दर्द ऐश भी है दुनिया में जिसकी इब्तदा भी दर्द है और उसका सामना भी दर्द ही है, कभी भी जिंदगी में किया, बाल्की ये सोचो की किश के लिए किया है, आगर एक इंसान अपनी पूरी जिंदगी खुद के बारे में

सोच कर गुजर ले तो उसे जिंदगी नहीं कहते, क्यों भले ही उसका जन्म पर्थ है जो वजूद है वो पहला नहीं रहता, दुनिया की बनाबत ही ऐसी है कि हम खुद को कभी अकेला महसूश कर ही नहीं सकता, असल में वही रिश्ते सच्चे होते हैं जो आपके साथ आपकी परचाई असलियत में इंसानियत उसे कहते हैं, जिसी कहत एक दसरे के ज वो मोहब्बत से सुरु हो और उनकी इनायत पे खतम, खैर अगर हम लफ्जो का खेल फरोघ की तरह उहे खेलते रहे तो उनकी प्रेम कथा अधूरी रह जाएगी जिन्के वजाह सेह दो मुल्खो की जौरा, जंग की मैं से पूरी तरह से समाधान हो गई

तो ईश कहानी की सुरूरत पंजाब के शहर ग्वालियर से हुई थी, (1970), न ही ईश कहानी में किशी हीर और रांझे का ज़िक्र है और न ही ईश कहानी में कोई लैला मजनू है, क्योंकि दो प्यार उन कहानियों में ए अपनी मोहब्बत की कुर्बानी आपने देश के लिए बिना कुछ सोचे ही दे दी, कहने को तो इनकी कहानी की सुरूरत उस वक्त से हुई जब ये दोनो कफी नादान थे, वैशे इश कहानी का नायक हमारा है। जगवीर और गुनकीरत की प्रेम कथा तब सुरु हुई जब ये एक दसरे सही से जनता भी नहीं थे, मेरा मतलब है कभी एक दसरे के वजूद से मुकाबिल ही नहीं हुए, हा ये प्रेम कथा थोड़ी अलग है पर कभी भी यही प्रेम कथा थोड़ी अलग है सुनी होगी और ना ही किशी ने कभी देखी होगी, क्यों भी होगी ही दोनो का पिंड एक ही था, पर वो तब भी एक दसरे के वजूद से वकिफ नहीं थे। एक ही दिन में और एक ही वक्त में भी, यानी की वहीगुरु ने ही इनकी क्या किस्मत खुद ही लिखी थी, पर कहते हैं ना अगर कोई मंजिल आपके बेहद करीब है, और आपको उस वक्त उसकी तिशनगी भी नहीं, तो कहीं न कहीं उसे तालाब भी थोड़ी देर के लिए अपना है कभी अलग नहीं होगा, क्योंकि वो कहते हैं न आयाना भले ही टूट जाए पर सेहरा वही रहता है, वह भले ही एक दसरे की बात उस वक्त नहीं थी क्योंकि वह एक दुसरे की सच्चा सेह भी वह एक दुसरे की सच्चा सेह फौज में थे और जगवीर के पिता भी फौज में थे, पर उनकी भी मुलाकात कभी एक दसरे से नहीं हुई

क्यों मैंने पहले ही कहा था यह कोई आम कहानी नहीं है, तो (1970), वक्त की मुझे उस वक्त कोई सेम्मा नहीं पता क्योंकि मैं उस वक्त खुद नादन था, इस्लिये बश इतना ही मैं कहां हूं। उसी दिन कुछ अलग ही

बात थी। उनके जन्म के वक्त, एक और हादसा ये भी हुआ की वो दोनो एक अस्पताल में थे, तब भी उस वक्त उनकी मुलकत नहीं, जगवीर और गुनकीरत नकीरत न जाने के पिता समय युद्ध की प्रतिमा कुछ ऐसी बनी थी की वो मजबूर थे। हमारे सैनिको की यही बात तो हमेश ईश दिल में इंसानियत के वजूद को जिंदा रखती है, क्योंकि भले कितने भी आए कभी आपके लिए फिर पहले सोचते हैं, अपनी मातृभूमि की हिफाजत की तालाब को सबसे आगे रहते हैं, ऐसी बात तो नहीं है की उन सब के परिवार नहीं होते, ये उनके घर कोई त्यौहार नहीं होते, अब आपको फिर से मा के लिए दिन रात जाग कर उनकी हिफाजत करते हैं, जहां ही तो इंसान को अपनी जान की फिर रहती है, और वो हमा खुद के बर्रे में ये अपने परिवार के बारे में हैं, पर हमारे देश के सैनिक अपने देश के बारे में हैं। रहती है की हम सलामत रहे, भले ही उनका परिवार कितनी भी परशानियो से क्यों नहीं गुजर रहा हो,

उनके अल्फाज़ भी यही कहते हैं की हमारे भाई और बहनो को कभी किशी तकलीफ का सामना न करना पारे, और उनके घर भी हमशा सलामत रहे, भले ही उनके घर में दिए गए जले, ही क्यों ना रहे, पर वो सबसे पहले हमारे बारे में सोचते हैं कि हमारे घर के दिया तो जल रहे हैं ना, जिश खामोशी की दिवारो में उनके घर काद है, कहीं वो हमारे भाई और कहीं नहीं है उनकी हमेश सेह सिरफ एक ही मुराद रहती है की भी हमारे घर के दिए भुज जाये पर हम अपने देश के किशी भी भाई बहन के घर में ये रिवायत नहीं होने देंगे, हमारे देश के लिए कभी नहीं बदली और न ही कभी बदलेगी, इतने अल्फाज भी कफी काम है उनकी वीरता की मिशाल देने के लिए। होने ने कभी भी अपने देश से किशी चीज सिफरीश नहीं की, न ही वो जिश हलत में उसे कभी गलत कहा, जहां एक आम आदमी आपने फारोग की त्सिहनगी की रिवायत करता है, वही हमारे साथ हैं क्या उनके सपने नहीं होते की वो भी अपने परिवार के साथ कुछ पल गुजरे, क्या उनके ख्वाब नहीं होते, क्या उनकी मोहब्बत नहीं होती, क्या उने मां का प्यार की तिश्नगी नहीं होती, ये सब उन होकर भी कभी ईश चीज के बारे में सोचा है, जहां हम अपने घर की बनाबत को मजबूर करते हैं भाई, वही वो अपने खून से ईश देश की हिफाजत करते हैं, वह

कभी भी कभी भी कभी भी कभी भी अपने को नहीं जानता से अपनी नफ्स को अपने देश के हवाला कर देते हैं, जिस दिन से वो इसे बचाते हैं, और ईश चीज की भी साथ

लेटे हैं की भले ही हमरी जान ही क्यों ना चली जाए पर हम अपने देश पर कोई मुशीबत नहीं आने देंगे है। उनके मार्ग की कहत हमा उनकी रिवायत बन कर रहती है, क्योंकि वो जिश दिन सीमा पर आपके कदम रकते हैं, उस दिन से उनकी नफ्स हमारे तिरंगे में जाति है। नज़र गुनकीरत और जगवीर की प्रेम कथा की तरफ भ देख ली जाए, तो उस दिन उन दोनो के पिता के अपने देश का कार्तिक सबसे ज्यादा था, क्योंकि उनकी सोच हमेशा पर ये थी की, हम कभी भी देश की मिट्टी हमे हमारे साथ है, और उनके पिता की खविश भी यही थी की अगर हम मार्ग भी मिले तो अपनी मिट्टी में मिले कहे वो इश तारफ की हो ये पर कहे वो उस तारफ है तराफ भी हम एक परिवार है, खैर वो अपने बच्चों से उस दिन मुकाबिल तो नहीं हो खातिर, प्रति उनके चिट्ठी में जो मोहब्बत थी अपने बच्चों के लिए, वो उनके लफ्जो की लिखावट से साफ थी, ये सिर भी लिखा था, की तू ग़बरी न अस्शी जल्दी आ जवानागा, बश घर डी ए ख्याल राखी और अपना भी, और हा मेरे शेर दा भी, उस दिन उनकी लिखावत सिरफ मुझे एक ही बात समाज आई, की भले ही उनके आंखों में कैसे भी ऐसा क्यों न हो, मैं क्या हूं ए भी कभी ये जहीर नहीं करते, क्योंकि उन अपने देश को संभलना है, अपनी भारत मां की हिफाजत करनी है। फिर इन सब के बाद असलियत में गुनकीरत और जगवीर की कहानी की सुरुरात ना कभी कभी होती है। ,उस दिन जन्म के वक्त भी भी वो दोनो एक दुसरे के बारे में ईश चीज से भी वक्फ नहीं थे की उनका पिंड एक ही है, और उन दोनो के पति भी फौज में है, वही गुरु दी इनायत है, भी अजीब दसरे से इतनी मिलने के बाद भी, न तो उनके परिवार एक दसरे से अभी तक मुकाबिल हो पाए हैं और न ही गुनकीरत और जगवीर

खैर इनकी कहानी जो अभी बक्की है, तो तब तक लिए जी ससरियाकल, क्योंकि इसके आगे जो कुछ भी होने वाला है, ये उनकी किस्मत में वहीगुरु ने जो भी लिखा है, वो तो वहीगुरु और जाने खुद हैं सिर्फ एक ज़रिया हूं उनकी अमरप्रेम कथा से वक़िफ़ करने के लिए..

सुमीत कुमार

"

की तुम
सियासत कि
तिश्नागी
कार्लो
क्योंकी हमे
तो
अपने तिरंगे से
प्यार है
और अगर हो
तोह के लिए
वक़िफ़ हो
जना
अपनी उशु
खवीश सेह
जिशे आजकल
तुम सियासत
कहते हैं
क्यूंकी इस्की
कहत भी
आजकल
हमारे तिरंगे
की गुलाम
है........"

"

की तुमहे
भले ही
अर्श कि
तलब होगी

प्रति हैम
तो आज भी
अपने
उष
देश की
मिट्टी
सेह प्यार है
जिस्ने
हम जनम
दीया है।

हम
भारत
मां के
बेटे है
जनाब
हमारी तलब

मौत की राह
से होकर गुजरती है.........."

3

दो शुद्ध आत्मा

भावनाओं में वो दीवार है फौज में जिसकी इच्छा एक सैनिक कभी नहीं कर सकता है, न ही उसे तमना रख सकता है, और न ही कोई तालाब, क्योंकि अगर वो सब से वक्फ हो गया तो फिर अपने आपको दे ये के नहीं कह रहा की उनमे किशी भी तराह की इनायत नहीं होती, क्योंकि अगर इनायत न होती तो जो देश हमारा आज इंसानियत की बातें करता है, वो शायद ना करता क्यों है अगर किश सिर में वह सिर है

में सैनिक ही सिख सकता है, और कोई नहीं, खैर उनकी इंसानियत की तो कोई सीमा नहीं है पर जगवीर और गुनकीरता की मोहब्बत की सीमा है। , खैर ईश बेचानी को तो वही मिटा सकता है जिस में उनकी रिवायत सुरु की है, बचपन की वो नादन शि तबुसां से तो वो एक दसरे से वक़िफ ना हो खातिर, प्रति वक्त अब गया था जो कि जो कि में वही है जो... उशे उनकी कृपा समाज कर काबूल ले कहते हैं की वक्त के साथ मोहब्बत की दीवार और भी मजबूर हो जाती है, और बिना मुकाबिल हुए वो भी एक दसरे के मोहब्बत, उसे तो बात ही कुछ और होती है, तो इनकी प्रेमकथा में बचपन की कोई खास यादें तो नहीं है, इस्लिये इसे वक्फ होने का भी कोई मतलब नहीं है, प्रति इनकी जवानी में कुछ अलग ही कशिश है, वो कहते हैं अगर किस्मत में कुछ है वहीगुरु ने तो जगवीर और गुनकीरत की किस्मत तो एक ही साथ लिखी थी, तो वो अधूरी कैसी रहती, मुझे अब भी याद है की जगवीर की मुलकत गुनकीरत से उस दिन जब हुई है दिलजीत दा बहुत बड़ा हाथ हे |

, क्योंकि दिलजीत की व्याहा सही समय पर नहीं होती तो शायद जगवीर कभी गुनकीरत सेह नहीं मिल पाता, क्योंकि ग्वालियर में गुनकीरत का वो आखिरी दिन था, इसकी तो वजाह मुझे नहीं पता, दिल जीता दे वाया कुछ मुझे नहीं पता। मुझे तमना ना उसे थी ना हम, खैर अल्फाजो की तमना से वक्फ नहीं करवाउंगा, इसलिये सीधे ऐसे उनके रास्ते ही आप सब को लेकर जाएंगे, तो उस दिन बात ये हुई की, जगवीर का भी इसलिये में उश व्याहा में जोर जबर्दस्ती लेकर गया, और वही पर सबसे पहली बार जगवीर की मुलकत उसे गुनकीरता से हुई, जिसी किस्मत में वहीगुरु ने उस बहुत बहुत पहले ही कभी ऐसा लिखा था किया, और ये दोनो भी पता नहीं एक दुसरे से वक्फ क्यों नहीं होना चाहिए थ, क्योंकि दोनो उस वक्त एक दसरे के बेहद करीब थे, फिर भी न जगवीर ने उसे देखा और न ही पर मैंने कभी पे दी लिखावत वो भी वहीगुरु दी का मैं भी नहीं मित शक्ति, खैर मिलने की रिवायत के बर्े में कुछ हद से से वक्फ करवाता हूं, तो हड़सा ये हुआ की दिलजीत के बापू और हमारे ममाजी ने लड़कीवलो के सामने रखा है। दस लाख रूपए दिए जाएं और साथ में सुजुकी कार भी

भी, प्रति लड़के वालो की ने इसे माना कर दिया, और कहा की इतने पैसे तो हम नहीं दे पाएंगे, प्रति पंज लाख नकद और सुजुकी कार देने को तय है, इशी बीच हमारे मामाजी ने ये गढ़ कहा है की एक वीरा आपकी बेटी से वियाहा नहीं करेगा, फिर क्या लड़की वाले भी उडाश और उनके बाराती भी, और हमारा दिलजीत भी, और क्यों ना हो क्योंकि दोनो दा प्यार सच्चा था, उसने माँजी को काफ़ी मैं किशी भी तार से विदेश चला जाऊंगा, फिर भी हमारे ममाजी तो ममाजी है, उन अपने बेटे दी एक न सुनी और हम सब को लौट जाने को कह, और दुसरी तरह मेरे लड़की के दा विहा ना हुआ तो तेरा बेटा ये से दो जोड़े पर ना जा पायेगा धर्मराज, वैहर हमारे मामा जी का नाम ही धर्मराज था, पर आज तक उन लोगों ने कोई भी धर्म नहीं किया, और उस दिन भी वो वही होगा के साथ भी और अपनी बहू के साथ भी जब लड़की के बापू ने ये कहा की अगर तेरा बेटा मेरी शर्त मैं सेह वाया नहीं करेगा तेह, आज ना तो तू बच पाएगा और ये जीते भी बारात है उन्हे भी जोड़ ले, (मुझसे ये बात सुनकर बुरा नहीं लगा, क्योंकि जिश प्यार आपको सेह हो सकता है) उसके बाद में और उसे देख सकते हैं, और ये सयाद जरोरी भी था, क्योंकि उनकी बेटी की बात थी, और अपने खून के लिए तो कोई अपनी जान भी दे सकता है, तो वह भी करते हैं, वो भी उस वक्त जब उनकी बेटी की खुशिया उनके चौकट पर आई हुई है, तो वो उसे ही क्या जाने देंगे, तो किशी की जान लेना उस वक्त तो फिर भी क्या बात है ना)। तापमान बढ़ गया, और उन्होन भी ये दिया की मेरा वीरा भी ये से जाएगा और उसका बापू भी, और हमारे बाराती भी, और सुन तू ओए बजाज जो करना है कर ले

बजाज अंकल के बारे में तो बताने की जरूरत नहीं है फिर भी ये लड़की के पिता है, इतनी इतनी हद तक बढ़ गई थी की, वो दो एक दसरे प्रति बंदूक तन चुके थे, और जिन्ते भी वह बारती निकल दिए थे, और जितने भी औरते थी, उन सब के बर्रे में क्या कहु, हमारी तरह उन्हे किशी को मरने के लिए हटियारो की जरूरत नहीं होती, क्यूंकी उनकी भाषा ही किशी के लिए बहुत कुछ है मोहल ज़्यदा लग रहा था, क्योंकि जितने भी मर्द थे वो तो एक दसरे प्रति बन्दूक तने हुए थे, और जितनी भी औरते थे वो एक दसरे को गलियां दे रही थी, और रही बात हमारी, तोह क्या देखने

के इलावा, प्रति इत्तिफाक की बात ये है कि उस वक्त जगवीर कही दिखी नहीं दे रहा था, बहले ही वो मेरे ही साथ आया था पर जब लड़ी सुरु हुई तो वो कहीं गया ही गुन के गया को मैंने देखा था इतने सारे सियापे के बीच हमारा नायक ही गयाब था ये बात मुझे थोड़ी खल रही थी, क्योंकि हम तो अपनी जग से हिल भी नहीं सकते, क्यों लड़की वलो ने हम पे बंदूके जो तन राखी थी, और हम तो कोई जेम्सबॉन्ड है नहीं जो हर वक्त एक्शन मोड में रहे, और खुद की हिम्मत को बचाएंगे बिंदु पे खादी हो टैब, प्रति सैयद एन सब में हम एक बात भूल चुके हैं की हर कहानी में एक नायक ही सबको बचाता है, तो इश कहानी में वो रिवायत काश मिट शक्ति है, जब ये चला भी जंग बे द्वार से हमारे नायक ने प्रवेश किया, (और सब को पता ही की जब कोई हीरो एंट्री मरता है तो फिल्म की पूरी स्क्रिप्ट ही बदल जाती है, वह भी कुछ आयशा ही हुआ) हमारे मामाजी किशी की बात मनने काहे ना माने पर जगवीर की बात को वो कभी नहीं तलाते थे, क्योंकि जगवीर उनका हम सब में सब से प्यार भांजा था, और हो भी क्यों

इसलिए, क्योंकि वो एक आयशा लडका था जिसे बचपन से ही दूर की राह चुनी थी, वो अपने बउ से बिलकुल अलग था, जहां जगवीर के बापू देश के लिए मरते थे, जाने रक्षा करते हमारे थे, कभी परिवार के बारे में ही सोचा, घर का एकलौता आयशा लड़का जिसने दास साल की ही उमर से अपने घर का व्यापार संभला था, क्योंकि जगवीर के बापू देश के कर्तावी से इतनी मोहब्बत, कभी करते नहीं। मंजिल से अलग होने की अभी राह नहीं आई तो चले देखते हैं की हमारे हीरो की एंट्री के बाद क्या होता है। जब जगवीर वह आया तो वो खुद बालां था, की अभी तो हलत खुशीयो वाले थे कुछ डर पहले, और इतनी जल्दी जंग में बदल गए। मैंने जब उसे सब ने बताया की माँजी की मांग की वजह से हमारे हलत बदले है वीरे, माँजी भले ही किशी की बात मनने कहे न मनने पर वो जगवीर की बात को कभी नहीं पास कभी नहीं पास वापस लौटने के लिए क्युंकी हमारा वीरा हमारा जगवीर सबकी जान था, पुरे ग्वालियर सहर की पहचान था, ये हुआ था इसकी वजह भी जल्दी ही पता चलेगा उसे पहले जो उसने कहा वो सुन ले और देख ले। यह वही दिन मामा जी को हमारे वीरे ने एक

ही बात कहीं, की इंसान की पहचान से होती है मामा, फरोग तो हमेश सेह हवानियात की मुराद है, आपको अपने बेटे की खुशी है सेह, ये पन्नो की लिखावट तो वक्त रहते सयाद मिट भी जाए, पर जो खुशी आप उसे आज दोगे वो कभी ना मिले, वक्त बदलते हैं, प्रति इंसान की फिरत नहीं, रक़म की कोई मुश्किल में ना, जैसे लगे हैं, और ये छोरी दे आस्युं दी किमत सिरफ इस्का बापू ही जाने है, हम नहीं, आज अगर बारात लौट भी दी, तह कल अपना वीरा खुश ना रह पाएगा, और ना आप मामा |

रिश्तो की बनाबत प्यार से होवे है पैशो से ना। ये कहते हैं लफजो की मोहब्बत की बात ही कुछ और होती है, क्योंकि यही तो वो ज़रिया जिसे हम अपनी मोहब्बत अपने हमदम को अपने हमदम को जहीर करते हैं, जब जगवीर कहते हैं तो यह की जिंदगी इसके वजाह सेह उलाज गई, वैशे जिस्की जिंदगी उलाझी थी वो कोई और नहीं, बाल्की गुनकीरत ही थी, जब वीरे ने अपनी बात सबके सामने बीज राखी, तबी से कुछ कुछ कुछ भी यह लगी, जिसी वजाह से गुनकीरत ने उसी वक्त अपने दिल की मोहब्बत हमारे वीरे के नाम करदी, वैहे उस वक्त तो मुलकत नहीं हो साकी, क्योंकि जगवीर उसके बाद ही वह गया में क्या था सब उस वक्त अंजान थ, प्रति जो बातें उसे कहीं थी, उसके वजह से ठीक कर हमारे दिजीत दा विहा अखिर कर हो ही गया और हमारे ममाजी और साथ में बजाज अंकल भी मन गए। मैंने कभी तो बहुत कर हो गया पर, सोचने की बात तो ये थी की जो आग हमारे वीरे ने लगा है, मेरा मतलाब है जिश कशिश की सुरूरत हमारे वीरे ने गुनकीरत के लिए की है, ऐसी नई कहीं मोहब्बत की तो नहीं, ये ईश बर्ड भी वो दोनो एक दसरे से मुकाबिल नहीं हो पाएंगे, जैसे पहले भी हो चुका हूं।

में वो जल्दी ही पता चलेगा, तब तक लिए जी दुनियाकाल।

"

इत्तिफाक सेह
ही
सही
प्रति मोहब्बत

की हर लिखवाट
सेह
वक़िफ़ हुन
और मेरी जान
तू मुझे कहे
ये ना कहे
फिर भी
आजकल तेरी
हर
आदत की
में मुशाफिर
हुन।
„

"हम फलक
की तिश्नागी नहीं
हाई
जनाब

क्योंकी हमी
तोह वो परिंदे
हाई
जिस सिफर में
ही
अपनि
पूरी
जिंदगी
गुजरी है।"

सुमीत कुमार

"बे-शुमार
तालाब है
उसकी मोहब्बत
जो
ना तो मुझे मार्ग की
वजाह
डेटी है
और ना ही
जिंदा रहने
की दुआ।"

"

मौत एक
मेहरबान
स्वतंत्रता
है
लेकिन
प्यार
एक जेल है।
"

4

गर्व का पत्र

इश्क के वजूद में शिद्दत की कोई तालाब नहीं होती, ये सिर्फ पहले कहीं सुना था, प्रति जब हमारे वीरे की मुलकत गुनकीरता से हुई तो उस दिन में आंखों ने उसे कशिश भी देख ली, तब वहां से तब तक है चूका था, और उसके आगे ही दिन मेरा मतलब है विहा के अगले दिन, उस दिन गुनकीरत की मंजिल कहीं और थी पर जगवीर की बात से, सयाद आब उस मंजिल की पहचान है, वो हम दूर एक ही है। वही एक दुसरे से उस वक्त भी मुकाबिल नहीं हुए थे, फिर भी उस वक्त गुनकीरत की आंखें में जगवीर के लिए मोहब्बत की फरोग साफ साफ दिख रही थी। बन जाए तो उसकी कोई दबा नहीं होती। अब जो मिलने की तालाब थी वो ईश हद तक बदल गई थी, की जो गुनकीरत ने अपनी पूरी जिंदगी में कभी नहीं आब वो सयाद होने वाला था, तो हुआ कुछ, हमारी की उसकी अच्छी अच्छी दोस्त थी, और जब उसे जगवीर की बा ऐसे उससे कहीं तो, उसे बोला की वो मेरे वड़ा भरा लगता है (बड़ा भाई), एक पल के लिए तो गुनकीरत पहले हेयरां हो गई, उसे सोचा की क्या अब अपनी मोहब्बत, पर क्या के बारे में जिक्र करना था इश्क आइशी चीज ही जो ना तो किशी की सोच से वक्फ हा, और ना ही उसके बीच में आने वाले रिश्ते से

फिर क्या था, ना तो उसकी तिशनगी उस वक्त कम हुई, और ना ही उसे मोहब्बत जगवीर के लिए, उसने तो सीधे सीधे उससे ये कहा दिया की क्या तू अपने वादा भरा से मेरी समीक्षा है, भी है ये दो क्यों नहीं, पर ये पूछने की तकलीफ भी नहीं उठी की क्यों तुझे मेरे वड़ा भरा से क्यों मिला है , और दोस्ती की बनाना तोह कभी खुद के रिश्ते सेह भी बड़ी होती है, अब जब सुरूरत हो ही गई तो किस्मत को भी मिलाना तो जर्रोरी है ना, खैर जब दुल्हन की गई, आप में हो गई है ही है हम अपने घर आ गए, तब भी वह हमारा वीरा नहीं था, और बालों की बात ये भी थी की गुनकीर्त हमारे ही साथ आई थी, वो भी सिरफ और सिरफ वीरे से मिलने, उसे कभी नहीं लिए की जगवीर है कहा, मामाजी भी हर वक्त ये ही पुच रहे थ, की जगवीर किथे है, कल वाया में बी हाय पूरी रात नहीं दीखा, इतनी ही डर में जगवीर भी वह आ गया, फिर ममाजी ने अब ये पुचा की कहा था बेटे, इतनी देर तक किथे था जगवीर, तू कल पूरी रात भी वियाहा में मैं नहीं जबब ये था की वो मामा, कुछ जरूरी काम था इसलिय मुझे जाना पारा।

और वीरा दा विहा तो हो गया ना, फिर ममाजी ने ये कहा, हा बेटे सब तेरी कृपा है,

यहां तो हम कल न समझौता तो तेरे वीर की जिंदगी खराब हो जाति फिर हमारे वीरे ने कहा की कोई बात नहीं मामा, जब तक में आपको ये सब सोचने की जरूरत नहीं है, ही शर्मा जी, से वो सारा इंतजारम करवा देंगे। फिर क्या था उस वक्त तो मामा को ये महसूश हो रहा था, की तू ही हमारी आखिरी उम्मेद है, जहां हमारे वीरे को तल्लियां मिल गली हुई हमी ये लिखावट की सिख ओए अपने वीरे से कुछ, और तुम सब भी, कुछ करना है नहीं दिन भर घुमते रहना, ये सुन कर वह किशी को बुरा नहीं लगा क्योंकि वह हमरा वीरा आयशा से ही की न ही कोई उसके खिलाफ जा सकता था, पर एन सब में एक गल्ती ये हो गई की गुनकीरत ने ये भी देख लिया था, और वो खुद को उस वक्त रौक न साकी और सीधे सीधे हमारे लिए एक गया सियापा खड़ा हो गया था उस वक्त जिसी उम्मेद किशी को नहीं थी, हमारे वीरा तो हेयर था ये ही, पर वह जितने भी लोग थे वो सब हेयर थे की ये बहुत है कौन, हमने तो कभी नहीं देखा, फिर क्या था सबने वो बीटियां बनाना सुरु कर दिया, अब वह चोटी, अभी नहीं है बचपन की दोस्त है। फिर सब ने ये उससे पुछना सुरु कर दिया तू है कौन कुड़िए, और हमारे वीरे दे गले क्यों लग रही है, उसे गले लगाने से पहले ये नहीं सोचा था कि वह सिरफ जाह है ह, सांवले के थे उस वक्त, और गुनकीरत उस वक्त थोड़ी डर भी गई, और क्यों न डरे सब, अब आप ही बोल जब मोहल्ले की सारी औरते एक साथ आपसे ये सावल पुचे की तू है कौन, तो जहीर शि बात है आप तो दरोगे ही नहीं

नहीं, मुझे सब की बात तो नहीं पता प्रति उस वकी गुनकीरत की आवाज भी नहीं निकला रही थी। प्रति मैंने पहले भी कहा था की हमारा वीरा तो इंसानियत की मूरत है, जब सब कुछ पुच रहे थे, तब वीरे ने सबसे ये कहा की, तुसी चिंता ना करो, ये मेरे बचपन, हमारे बगला है कुछ काम था इसलिय मिले हैं, और कोई गल न है, और तुसी सारे ऐसे क्यों दे रहे हैं, जाओ सारे नवी दुल्हन आई है घर उसका स्वागत करो। फिर क्या था उसके बाद किशी ने भी गुनकीरत के तराफ पीछे देखा तो नहीं। क्योंकि सब ये जनता थे की हमारा वीरा कोई गलत काम नहीं

कर सकता, और अगर गल्ती से बोल की भी उसे भी तब भी एन सब के बड़ गुनकीरत की जो कहत थी वीरे के लिए वो इतनी हद तक बढ़ गई जिसकी कोई सीमा नहीं थी। वही बाद वीरे कुछ गुनकीरत से पक्का की इतने ही डर में चोटी आ गई, तू ये क्या कर रही चल मेरे साथ दुल्हा का नवी दुल्हन दा स्वागत करना है, उस वक्त गुनकीरत थी हम की आंखें हैं। मेरे मन में सिरफ एक ही ख्याल आ रहा था की काश मुझे भी कोई ऐसी ही मिल जाए, काश में भी अपने वीर जैशा बन जाऊं)। उस दिन तो वो एक दसरे से अच्छे से मुकाबिल ना हो पाये, हर दिन जब हमारे वीरा कहीं जा रहा था, तब चोटी ने उससे ये कहा की, भाई, गुणकीरत लेग को भी अपने साथ, साथ ले जायो इसे कुछ काम भी है, चल ठीक है आ जाओ बैठ जाओ में आपको हमारा सहर घुमता हूं .

ये सब असली में इनकी प्रेमकहानी की होने वाली थी, जहां गुनकीर्त की बेबसी बैश इतनी थी की वो हमारे घर में थी, जहां वो अपने दिल की बात वीर के सामने नहीं कह सकती, इसलिये बने चोटकी जब हमारे वीरा किशी काम से बहार जाएगा तब गुनकीरत भी उसके साथ जाएगी, और वह हुआ भी, प्रति सवाल तो अब भी यही है क्या गुण कीरात अपने दिल की बात जगवीर को कहेगा ये मिलेगा ये खुशियों की बनाबत तो अभी अच्छे से बनी भी की नहीं थी उसी एक हदसे की बनबत ले ली, वो दो अपनी मोहब्बत की मंजिल पर तो थे, प्रति सयाद उसकी राहे उस वक्त किशी और वह तलाश, वह वह था की थी उन्होन ने देखा की फौज की एक गाड़ी आई हुई है, और उसमे किशी शहीद जवान का साड़ी तिरंगे से लिपटा हुआ है, सब हमारे घर के तारफ ही रहे थे, तबी वीर से कुछ सैनिकों के लिए कित्थे है, क्यों क्या हुआ जी, अमनप्रीत बब्बर मेरे चाचा का नाम है, और में जगवीर बब्बर हूं, आप अमरदीप बब्बर के बेटे हो, हा जी क्यों हुआ, वो कल रात जंग के वक्त अचानक हमरे को थी, जिसी वजाह से उनके हलत कफी ख्रब थे, फिर भी उन्होन उस वक्त भी अपने कदम को पीछे नहीं किया, नालकी और बहादुरी से उन्होन दुश्मनो का सामना किया, और हम फतेह गली ही सब को उन पर एक कर दिया, ये सिरफ उनका साड़ी नहीं है,

ये हमारी मातृभूमि की पहचान है, उनके एक आइश बेटे की पहचान जिसे कभी हर वक्त अपने देश का बारी में सोचा, अपने तिरंगे के बारे में सोचा, और आज उनकी मौत नहीं हुई है, . ,उन तुमसे बश ये कहने को कहा की, मेरे बेटे को ये कहना की में उससे बेशुमार मोहब्बत करता हूं, ये देश अगर मेरी पहली जान है तो, मेरी दुनिया में मेरा बेटा है, सारा है जकार नहीं रहेगी, प्रति मेरी नफ्स हमेश उसके साथ ही वहां होंगे, यह भी कहना की उसका बापू जंग में काश लडा था, और हा उसे ये भी कहना की मेरे चले जाने के बाद वहां उसके लिए रिवायत है जो क्या होता है, और मेरा बेटा तो बब्बर शेर है, उसके चश्मे में आसुं नहीं, बाल्की अपने देश के लिए मर मिटने की कशिश होनी चाय, अलविदा। जो साक्षी ईश वतन के लिया अपना सब कुछ त्याग करदे उसे ही हम अपने तिरंगे की पहचान हैं, ये भूमि सिरफ हमारी मां नहीं है, ये हमारा गमंद है, ये हमारी, सभी रूह है अंग का त्याग कर सकते हैं पर अपनी रूह का सौदा कभी नहीं कर सकते हैं। उस दिन हमारे वीर बहादुर कर्नल की मौत जरूर हुई थी, प्रति उसे कोई गम नहीं था हम, वो ना ही, कुछ और जो उन को है, वो कोई आम इंसान नहीं कर सकता, असलियत में उन्हे उस दिन मार्ग की रिवायत नहीं मिली थी, बाल्की अपनी भारत मां की गौड़ नसीब हुई थी। समय की जरूरत तो आज कल हर किशी को है दुनिया में, पर हमारे फौजी भाई इनकी रिवायत कभी नहीं करते, क्योंकि जिश दिन वो अपने देश को बच्चों का करता है अपने कांधो पर ले जाते हैं, उस समय उन दिनों .एक सैनिक की जिंदगी किश तरह की होती है ये की नहीं जनता, क्योंकि हम तो सिर्फ अपने काम से मतलब है, सीमा पर क्या हलत है हम क्या पता, उनके लिए कुछ दिन का दर्द होता है, पर उनके लिए परिवार भर, जरा उनके हलत पुचे जिन्के घर एकलौता बेटा भी देश की रक्षा करते हुए अपने जान को अपने वतन के नाम कर जाता है। हर रोज हमारी मां बहन विधवा होती है,

क्युंकी उनका देश सही सलामत रहे, क्या उनके बच्चे नहीं होते, क्या उनका परिवार नहीं होता, क्या उनकी कोई तिश्नगी नहीं होती, क्या उनके कोई ख्वाब नहीं होते, क्या उनकी दुनिया नहीं होती, जब देश को देख कर उनके बच्चे रोते हैं, क्या वो दर्द नहीं है। में किशी भी इंसान

को गलत नहीं सवित करना चाहता, पर कुछ ऐसे भी ईश जमाने में जिन्हे इंसानियत की कदरा नहीं है, और ये अल्फाज भी उन्ही के लिए हैं। है, ममता की वो दोर ही हमारे आजादी की आज रिवायत बनी है। कौन से लफ्जो की मुराद मांगू हमारे फौजी बहियो की लिए, क्यों की ये सब परेशानी कर चुके हैं बहुत पहले ही, मेरी उमरा भी इतनी नहीं है की में उनके हर एक कुर्बानियों के लिए जबतक हमारे देश में हमारे वीर भाईयों का वजूद है तबतक हम सलामत है, हमारे घर सलामत है, हमारी खुशियां सलामत है, हमारे तिफ्ल की तबस्सुम सलामत है, और हमारे तीरंगे भी...

उस दिन जगवीर की आंखें में आसुं तो थे, प्रति वो दर्द भी कहीं न उस वक्त हमारे लिए पिन्हां था, पर उसे दर्द को कभी किसी के सामने ही ऐसा करने की जरूरत नहीं थी। हर एक बात को उसे अपने ख़्वाब मन ली। उसे कभी नहीं सोचा था की वो फौज में भारती भी होगा, प्रति अगले ही दिन वो फौज में शामिल हो गया। उससे कहते हैं हमारे देश की वीरता की तू फौज में शमील मत हो वीरे, फिर ईश घर की देख भाल कौन करेगा, तेरी मा कैसी रहेगी तेरा बिना, फिर तबी वीरे ने ये कहा की मेरे मा ने ही बोला की जा बेटे की में हूं तेरे साथ, और कोई बात नहीं अगर देश की हिफाजत करते वक्त तुझे मार्ग भी मिले, फिर भी पेचे मत हटना, और अपने देश की हिफाजत करना मेरे लाल कर्नल को भी कुछ नहीं एक भी मौत भी उश मा ने अपने बेटे को अपने देश पर कुर्बान होने के लिए भेजा।इश चीज को आप के ये कहोगे, क्या उनकी ममता नहीं है, क्या वो अपने बेटे से प्यार नहीं करती, खुद की ममता देश से ज्यादा है, ये बातें हमारी मां ही कहती हैं, उस वक्त उन वीर से हैं। शामिल हों करली, और अपने बापू के लिए उसे सब कुछ छोड़ दिया, अपनी उस मोहब्बत को भी जिसी तलब उस बचपन से थी

.सही सुना आप सब ने बहुत ही जगवीर से प्यार नहीं करती थी, बाल्की हमारे वीरे भी उससे प्यार करता था, वो भी बचपन से ही। हमारे वीरा बहुत पहले से यह ये जनता है उस वक्त कभी जहीर किया और न ही हमारे वीरे ने.इश कहानी की ये ना ही सुरुरात है और ना ही कोई मामला। और फौज में कहले जाने के बाद क्या उन दोनो की कभी मुलकत हुई,

और जगवीर की कभी कभी इसमें हुआ, उतनी ही मोहब्बत करता था तो उसे कभी इस्के बारे में उससे ज़िक्र क्यों नहीं किया, और जब वो दोनो एक ही पिंड के थे तो उन लोगों ने एक दसरे को पता क्यों नहीं, और ना ही उसके परिवार कौन हूं, मेरा क्या रिश्ता है जगवीर से.. ईश कहानियां की अभी और पन्नो की लिखावतबाकि है, मंजिल आगे इनकी कौन सी रह दीखती है आगे देखते हैं, प्रति इसके आगे भाग में।

"

भले ही

तेरी मंजिल

छोड कर जा

राहा

हुन

हो सके तोह

फरियाद

करना हमे

अगर वक्त

रेहटे

लौत आया

तो

थीक है

और अगर इत्तिफाक

सेह न लौट पाया

तो

मेरी उश मा

का ख्याली

रखना

जिशे

आजभी अपने

सुमीत कुमार

धुर
केई
लौट आने
की अकीदा है।
"

"

पिन्हान हो
चुके मेरे
आस्युन
अपने
फौजी भाईयो
की इनायत देख के
धूप में भी
बड़े
शान से खाडे
रहते हैं
देश की हिफ़ाज़त
लेके
.
"

"

ये सिरफ हमारे
दुशमनो के लिए
की मुकाबिल
की इच्छा नहीं
है हम
प्रति अगर किशी
दीन इस्की रिवायत

शहीद प्यार

हो गई
तो जनाब
आप जीना
छोड दोगे ......”

गौरव की रेखा

"

अगर मैं मर गया
क्षेत्र में
युद्ध के
याद मत करो
मुझे

कारण
मैं हूँ
बस ए
मेहरबान
कदम
मेरे देश के लिए
कब्जा करना
मानवीयता ....."

शायद कुछ रास्ते कभी खतम ही नहीं होते अपनी मंजिल के,
क्योंकि वो भी हमारे ख्वाब की तरह ही होते हैं जो हर दिन तो हमारी
महफिल में आते तो है पर कभी हकीकत नहीं बनते खैर मेरी कहानी की
ये शुरुआत है अंत नहीं |

www.ingramcontent.com/pod-product-compliance
Lightning Source LLC
Chambersburg PA
CBHW021152130726
47988CB00004B/1580